KB109070

파묻힌 얼굴

파묻힌 얼굴

오정국 시집

민음의 시 177

민음사

自序

애당초 나의 것은 없었다.
풍경과 사물로부터 빌려 온 문장이었다.
사방에서 들려오던 진흙의 울음소리는 허기에 지쳐 있었다.
찰나의 빛 속으로 타들어 가던 갈증들이었다.
내 시는 결국 존재의 결핍을 파먹던 '허기'였던가.
원컨대, 다듬어지지 않는 야생의 통나무 곁에서
한 시절 잘 놀아 보기를.
가면을 쓴 시의 '파묻힌 얼굴'은 아직도 멀리 있다.

2011년 초가을
오정국

차례

2부

3부

1부

진흙을 빠져나오는 진흙처럼

매미가 허물을 벗는, 점액질의 시간을 빠져나오는, 서서히 몸 하나를 버리고, 몸 하나를 얻는, 살갗이 찢어지고 벗겨지는 순간, 그 날개에 번갯불의 섬광이 새겨지고, 개망초의 꽃무늬가 내려앉고, 생살 긁히듯 뜯기듯, 끈끈하고 미끄럽게, 몸이 몸을 뚫고 나와, 몸 하나를 지우고 몸 하나를 살려 내는, 발소리도 죽이고 숨소리도 죽이는, 여기에 고요히 내 숨결을 얹어 보는, 난생처음 두 눈 뜨고, 진흙을 빠져나오는 진흙처럼

'나는 아무것도'의 이야기

나는 아무런 생각도 하지 않았는데, 머리 위로 구름이 흘러왔다
책갈피를 펼치면
왜 여기에 밑줄을 쳤을까 싶고

나는 아무런 말도 하지 않았는데, 깜깜한 밤이 오고
불붙은 기차가 벌판 끝으로 사라졌다

한사코 철망을 넘어와서 흔들리는
장미들

장미의 이름을 부르면 장미꽃이 피어났고
그 이름을 부르지 않아도
희고 붉은 꽃잎이 피었다 지곤 했다

나는 아무것도 그리워하지 않았지만, 덩굴장미가 담장 저쪽으로
넘어갔다 담장 밖의 땡볕을 견디는
장미 줄기처럼

나는

마당가에 우두커니 서 있었는데, 발밑의 수맥들이 빠르게 흘러갔다
끊어질 듯 끊어질 듯

철길이 철길을 끌고 오고, 구름이 구름을 불러오고,
장미 덩굴이 장미 덩굴을 밟고 오는, '나는 아무것도'라는 이야기,
불타는 기차 바퀴와 오래 참고 견딘 돌멩이와 덩굴장미에게 빌려 온 이야기의 잎사귀들

철길 따라 흘러간 나팔꽃 이야기

이 책을 읽은 사람은 모두 눈이 멀고 말았으니
이 책은 애당초 없었던 책이네

여기에 밑줄을 친 사람, 이 행간에 구름처럼 고요히 머물렀던 사람, 책갈피에 얼굴을 파묻고 기도하던 사람, 여기서 절벽을 만난 듯 통곡하던 사람, 이 책을 읽고 불이 된 사람, 숯이 된 사람, 저마다 가뭇없이 흘러갔으니,

이곳을 비추던 스탠드의 불빛, 행간을 적시던 눈물, 이 책을 묶던 노끈과 책갈피의 칼, 지하실 서가의 열쇠 꾸러미들, 그 모두가 이제는 땅 밑에 있네 그렇게 수백 년 수천 년이 지나간 것이니,

없었던 책의 이야기가 기차를 타고 흘러 다니네 나팔꽃은
매 맞아 울면서도 어미의 치마폭을 놓지 않는 아이처럼
철길의 울타리를 따라가지만

이런 이야기는
철길 따라 흘러온 이야기는

철길 따라 흘러온 나팔꽃 이야기는

오래된 이야기네 나팔꽃 씨처럼
땅에 묻힌 이야기네
없었던 책의 없었던 이야기네

눈밭을 달려간 기차 이야기

나는 이미 오래전에 이곳을 걸어간 사람이었다
생가 앞마당의 풀들 우거지고 우거졌으니
되묻지 말아라, 나는
여기 서 있던 한 그루 나무였다

돌은 돌의 이름으로 평생을 살아가는데, 당신은 왜
시치미를 떼는 것이냐, 나는
이미 오래전에 무너진 철교였다
터널을 빠져나온 기차는
눈밭을 파고들고

왜 진작 말해 주지 않았던 것이냐, 나는
저 눈밭을 달려간 기차였다 당신의
발밑의 얼어붙은 강물이었다
이 차의 백미러에 비치던
텅 빈 정류장이었다

폐가 앞마당의 맨드라미 붉고 붉어
또 누가 계단을 내려오는 것이니, 나는

이미 오래전에 내 등 뒤에서 삐걱거리던 나무 계단이
었다

강 1

내달리듯 번지는 강가의 봄풀들, 강의 이름을 물으며 걷다가
또 하루가 저물었다 그러고도 강은
나를 오래 세워 두었다

더 이상 누군가를 기다리지 말자

모래밭의 돌을 들어 올리니
밑바닥이 축축하게 젖어 있다 물새 알 같은
점박이 무늬들, 돌 속에서도
해와 달과 구름이 흘러가고 있으니

더 이상 누군가를 사랑하지 말자

이곳이 나의 생가였던가 식구들은
강을 따라 강을 떠났고

저 돌 속에
아직도 무너지지 않는 흙벽이 있고

흙벽을 긁어내리던
구부러진 손가락이 있고
몇 개의 글자들이 새겨져 있으니

가자, 다시는 이곳에서 태어나지 말자

강 2

멀리, 더 멀리 가서 울고 오라고 했지만
강은 제자리를 떠나지 않았다

이러면 안 된다고 나도 길을 가야 한다고 타일렀지만
강은 우는 듯 웃는 듯 고개를 돌렸다 그렇다고,

멱살잡이를 할 수도 없는 강, 산 계곡의 밤이
하릴없이 제 오줌 구멍을 들여다보는
밤, 그렇다면,

내 아이를 한번 낳아 주겠느냐고 했지만
강은 산 쪽으로 돌아누웠다 이런,

강물 따라 떠내려온 슬픈 이야기, 나도 강을 따라
멀리, 더 멀리 가서
울고 싶었던

겨울 강 1

스스로를 결박하듯 팔다리를 오그려 붙이고
돌과 나무와 모래를 삼켜
그 熱마저 빼앗아 가둔 뒤
무릎 꿇고 엎드린

겨울 강
얼어 터진 강

번쩍이는 등허리, 그 밑바닥의
맨 밑바닥의 굴곡대로 제 몸을 구겨 넣은
침묵의 마디마디

비로소 입을 봉해
건져 올린

팔다리가 사방으로 찢겨 나가는 고요의,
고요의 팽팽한 표면장력들

겨울 강 2

칼금 같은 입을 물고 이 한 철을 견디다가
때아닌 겨울비에
팔다리가 풀리는 얼음

떠내려오면서
녹는 얼음, 귀퉁이 부서지지 않으려고
온몸을 출렁거려 물살에 쓸리면서

떠내려오는 얼음, 헛짚을 수 없는 손과
헛디딜 수 없는 발의
위태로운 벼랑들

산 계곡의 나무들은 안간힘으로 비바람을 견디어
직립의 뼈마디를 제 몸 깊숙이 밀어 넣는데

언제 그랬냐는 듯
돌 위에 나앉은 얼음덩이들
무작정 녹아내리는 얼음 조각들

아직은
창날 끝이 시퍼런
결빙의 언어들

띠

물길을 가로막을 순 없었습니다

저에겐 깨쳐야 할 道가 없지만, 삼복염천을 뚫고 간월도까지 달려갔는데, 간월암*에는 가 보지 못했지요 차오르는 밀물로 바닷길이 끊기고, 황혼의 띠가 비단처럼 흘러가고 있었습니다

그러고 보니,
제가 바라본 풍경마다 저런 띠를 두르고 있었습니다

그때 저는 역광을 받고 있었는데, 그래서 이 얼굴이 어두웠던 것인가요? 누구는 제 이마에서 불의 흉터를 읽고 가고, 누구는 제 가슴팍에 십자가의 불도장을 찍어 놓고 가는데

물결의 띠는 아름다웠습니다 그 물길,
뭍과 바다를 묶어 주고
풀어 주고

그 경계 너머, 달빛이 없어도 간월암은 아름다웠습니다
끝끝내 이 발길이 닿지 못했기에 간월암은 아름다웠고, 띠
는 또 그렇게 곡선으로 곡선으로 흘러가는 것이었습니다

* 간월도(看月島), 간월암(看月庵): 충남 서산시 부석면에 있으며, 고려 말 무학대사가 바다에 뜬 달을 보고 도를 깨쳤다 해서 '간월(看月)'이라는 이름이 붙었다고 전해진다.

반달호수*

비무장지대 태풍고지에서 바라본 북녘 산하, 거기에도
가을볕이 좋았다 거기,
반달 모양의 어여쁜 호수 하나

달처럼 차오르고 이울다가
멎어 버린 시간들, 쏟아지는 포탄과
주검과
비바람이 일궈 놓은, 그토록 함초롬히 피어나는
반달의 눈초리를 본 적 없었다

울지 말자, 반달무늬가 이쁜 건 어쩔 수 없다

이젠 뒤집을 수 없는 주검들의 피와
살과
뼈의 참혹했던 통증들,
그 통증들이 아릿하고 눈부신 통로가 되어

철조망 이쪽에서도 반달호수는 아름다웠고
거기에 또 반달이 떠오르고

울지 말자, 반달무늬가 이쁜 건 어쩔 수 없다

* 비무장지대 노리고지 밑의 호수 이름. 6 · 25 때 쏟아진 포탄으로 노리고지의 흙이 호수로 흘러내렸고 둥근 호수가 반달 모양으로 바뀌면서 반달 호수라고 부르게 되었다고 한다.

두물머리 풍경

여름 산의 산허리에 길 하나 있어, 길바닥은 땅에 붙어 흐르고, 산허리를 감아 도는 사행(蛇行), 뱀의 허물처럼 납작해진 길인데

내 눈에 붙잡힌 좌우의 구도가 바뀌질 않는 거야, 두물머리 지나 양평으로 가는 길, 왼쪽에는 산, 오른쪽은 강이었지

승객들은 확 트인 시야에 탄성을 질렀지만 그것은 어디까지나 오른쪽의 풍광만을 예찬한 것이었어, 산은 높고 강은 낮으니

산과 강의 경계인 듯 길은 흐르고, 길바닥 하나로 좌우의 불균형이 지워지는 듯

승객들은 고개를 끄덕이며 두물머리를 통과하는 것인데, 44번 국도로 사라지는 6번 국도처럼 그 얼굴들 아득하게 지워지는데

강물은 일제히 한 방향을 바라보는 누 떼 같았지 그 몸짓만으로도 서로에게 위로가 된다는 듯, 그렇게 캄캄하게 저무는 것인데

내 눈앞의 좌우는 바뀌질 않고, 승객들은 또 그렇게 고개를 끄덕이고

숨은 벽

그린벨트가 없으니, 그린벨트 너머의 땅값을 물어볼 필요도 인간도 없는 곳이다 '숨은 벽'이라고 하였다 자물쇠가 채워진 묵직한 콘클라베, 흰 연기 검은 연기의 망루는 무너지고

등산객들의 머리 위로 헬기가 떠오르는, 인수봉과 백운대를 철갑처럼 두른 곳, '숨은 벽'이라고 하였다 거기가 어디라고, 목청 굵은 아저씨들 메아리를 띄우다가 헛발 한번 내딛으면

돌단풍이 핏자국처럼 타오르는 벼랑이다

부부젤라가 붕붕거리는 소음성 난청을 씻고 오기 좋은 곳이다

여태 한 번도 딴사람 얼굴로 살아 보지 못한 나에게 욕설을 퍼붓고 손찌검을 해도 괜찮다는 곳, 그 어디쯤의 컴컴한 헛간, 거기까지 가려면 5년이 걸리고 50년도 훌쩍 담 넘어간다는데, 그만큼 그만큼씩

길쭉하게 목을 빼는 콘클라베, 아무 일도 아닌 듯이, 아무것도 아니게

눈사람의 전신(全身)

전신이 허물어진 눈사람의 전신은
열흘 동안 햇빛을 받아
이 지상의 모습 하나 버릴 수 있었다

그 어깨의 높이를 버릴 수 있었다

뭉쳐지는 대로 뭉쳐진 눈사람의 전신, 그리하여
나는 그를 껴안을 수 있었는데
이젠 그 얼굴과 목뼈를 잊어버리기로 했다

전신이 일그러진 눈사람의 전신은
햇빛 많던 오른쪽 상반신이 먼저 녹았고
몸의 균형이 흐트러지기 시작했다

전신이 짓뭉개진 눈사람의 전신은
좌익의 몸으로 찬 바람을 맞았다 이제는
흙의 얼룩이 되어 버린 그로 인하여
내 눈앞의 벌판에도 좌우가 생겨났던 것인데

전신을 잃어버린 눈사람의 전신은
아예 좌우의 이름조차 없애기 위해
땅바닥으로 무너졌다 그때,
눈사람의 진면목이 허공에 새겨지고

골목을 지나던 사람들이 자꾸만 주위를 서성거렸다

가시들

1 그 몸을 빠져나와 숨을 쉬는

선인장은 잎을 피우기 싫어 가시를 만든다는 것이죠 잎사귀로 꽃대궁으로 몰려가던 당신의 마음도 잎자루 어디쯤에선가 혀를 깨물어 멍울 같은 가시가 돋아난 것이겠죠

내가 나를 가시로 찌르고 싶었을 때, 당신께서 오셨어요 앞마당의 여름풀을 뽑고 있을 때, 메두사의 머리처럼 담장을 넘어와 내 등을 가만히 두드리셨죠 눈이 멀지 않고서야 이럴 수 없겠네요 덩굴장미를 껴안듯 당신을 감싸 안아 내 몸에 새겨지는 핏빛 가시들

비로소 당신 몸을 빠져나와
숨 쉬는 가시들

2 너는 또 들찔레로 피어나서

잎을 버리고 꽃을 버리고 돋아난

毒, 네 몸의 가시를 탐하였다
내 살갗을 비집고 들어서는
아릿한 통증의
망루, 장님새우처럼 캄캄한 더듬이로
내 상한 핏줄을 헤쳐 나가는
가시의 눈, 너를 껴안을수록 살을 찌르는
고통처럼
신경 다발처럼
얽히고설키는 몸과 몸 사이로 소용돌이치듯 뚫리는
숨구멍, 내 이렇게 어쩔 줄 모르고 받쳐 드는
핏물 흐르는 손바닥으로 받쳐 드는

굶주림이 나를 키워

밑둥치가 잘려 나간 나의 주검을 나는 버리지 않았다
오랜 목마름과 배고픔이 있었으므로
굶주림이 나를 키워 가시를 뱉어 냈으므로

나를 살아 내고 살려 낸 가시

꽃봉오리 열리다가 멎어 버린 듯, 당신이 눈독 들인 이
자리는
더 이상 파먹을 게 없는
구멍, 가시가 되었다

당신이 꽃을 피우고 열매를 맺는 동안 나는
가시를 만들었다 이것이
나의 열매, 나팔꽃 씨처럼 새까만
암의 촉수, 내 자존의 칼날이다

모래언덕의 발자국이
바람 속으로 흩어지고

내 몸이 나무뿌리처럼 비틀어져도 나는
나의 주검을 버리지 않는다 이 장맛비에 몸이 썩고 나서
그러고도 가시로 남을 것이다
가시에 찔리고 피를 흘려야
그때서야 빛나는
면류관처럼

너는 또 가시연꽃으로 피어나서

그러니까, 우포늪을 들먹일 건 없겠다 제 어미의 자궁벽을 뚫듯
연잎의 주름을 찢고 창날처럼 솟아오르는
가시 뭉치들, 멀리서 보면
수면으로 대가리를 밀어 올리는 청둥오리 같은데

밤송이처럼 벌어지는 꽃받침 사이로
단 한 번 저렇게 빠져나오는
핏빛 꽃잎들

핸드헬드 카메라로 찍어 둬야 한다* 시는
빛의 거친 입자 속에 살아 숨 쉬는 것이므로

공중에서 말라붙는
단 한 번의 죽음에 이르기 위하여
물샐틈없는 햇빛 속으로 솟아오르는, 주둥이 벌린 맹금류의
목구멍처럼 붉은
시

* 1995년 라스 폰 트리에를 비롯한 덴마크 감독 다섯 명이 영화 촬영 수칙으로 내세운 「도그마 95」 선언의 열 가지 항목 중 세 번째인 "반드시 핸드헬드 카메라를 사용해야 한다. 삼각대를 사용한 촬영 기기로 영화의 배경을 찍어선 안 된다."를 참고했다.

일몰의 빈손

저기에 무엇이 담길지는 생각지 말자

빈손이다

아름드리 팽나무 밑의
평상, 거기에 무릎 꿇고 앉아
공중으로 두 손을 받들어 올리는
노인네, 움푹 팬
궁기의 눈빛으로 올려다보는
하늘

빈 그릇이다

백발의 저 할아비에겐 식솔이 없다 비로소
경전도 주문도 털어 버렸다 다만,
오늘 하루의 햇빛에게만
예를 갖추겠다는 듯

멈춰진 손바닥의

순간, 순간들

비바람이 밀려온 건 그다음의 일이다
해가 서쪽 산으로 넘어가고
구름의 아랫배가 붉게 물든 것도 그다음의 일이다

빈손이 쥐고 있는
빈손

어두워지지 않고는
깊어지지 않는
밤, 이윽고

빈손이 놓아 버리는
빈손

낙상(落傷)

네 혈관도 그렇게 한번 무너지고 싶었겠다
북한산 진달래 능선의 꽃사태처럼 너는
뇌출혈로 무너져 의식을 잃었다
백수광부가 물에 빠졌을 때처럼
황홀한 기억의
아슬아슬한 끄트머리, 그 잎사귀들 사정없이 흔들렸지만
아직은 의식의 밑바닥으로 떨어지지 않았을 때,
가로등 불빛 속으로
불쾌한 얼굴들이 낯빛을 들이밀듯
펄럭이던 눈발, 색색의
현기증들, 오 그렇게
너와 함께 무너지고 싶었던
3월의 폭설, 낙상이란 말의 행복한 눈사태들

내 눈이 아니라면

늙고 병들었으나, 이 몸 빌어먹지 않게 하는
등짐, 아직은 내 살가죽이 견딜 만큼, 견뎌서 옮겨지는
소금과 녹차, 차마고도의 달빛들, 오직
하늘을 나는 새와
하늘이 퍼붓는 빗줄기의
벼랑길, 내 발자국 소리에 나를 파묻으며 걷는
밤, 나의 주인은 나를 매질하여
늙은 몸을 부려 먹는 저를 자책하지만, 아직은
검은 눈을 껌벅이며 그 마음을 읽는다 내 눈이 아니라면
그도 앞을 볼 수 없으리라* 나는 늙고 병들었으나
그가 내 곁을 떠나지 않는다

* 내 눈이 아니라면 그도 앞을 볼 수 없으리라: 독일 바로크 시대의 시인 이자 신비주의자였던 안겔루스 질레지우스가 한 말로 '그'는 하느님 아버지를 뜻한다.

2부

여름풀, 여름꽃

제가 지닌 여름빛을 다 뽑어 놓았다 맹독의
여름풀, 여름꽃

칼끝을 들이대는 듯, 발목이 서늘하다 들길을 걸어오고 달려오는 동안, 내가 놓친 찰나의 빛들이 희고 노란 풀꽃에 맺혀서 입을 쫑긋거린다 제가 지닌 몸빛을 한번 말해 보라고 한다

제초제를 뿌린 들길, 화상 입은 흙터 같다

입추가 오려면 아직 멀었다 여름풀은 장맛비에 쓰러진 옥수수 대궁의 욕창을 쓰다듬고, 꽃나무는 제 몸빛을 타고 삼복염천을 건너가는 중인데, 제 몸의 여름 냄새를 못 견뎌 한다 진저리 치듯, 무성한 여름은 물 밑에도 있다

물 밑에서 흔들리는 여름풀
끊어질 듯 휘어지는 디스크의 통증처럼
아릿한 여름빛들

밤은 또 마타리꽃을 흔들며

나를 그냥 내버려 두지 않는 한낮의 햇빛과
밤의 어둠, 이 밤은 또 얼마나
서늘한 눈빛인가, 마타리꽃을 찰랑거리며
나에게 오는구나

어떤 날엔 어떤 말이 나를 불러내서
자욱한 눈발처럼 흩날리게 하고

어떤 날엔 어떤 말이 나를 불러내서
삼복염천의
진흙마냥 들끓게 했는데,

오늘은 길바닥의 거적때기에 모여 앉은 햇빛과 바람과
진흙의 말씀들, 그 어디쯤에서
낮과 밤이 갈라지고

헐벗은 굴신의 몸 하나 일으켜

나는 또 밤의 안색을 살펴야 하는가 민들레꽃 모가지를

물어뜯으면

흰 피가 흘렀고, 그 모든 밤은 순교의 밤이었다

어디선가

밤과 낮이 또 갈라서고

길바닥의 거적때기를 끌어당겨

내 배에 붙이는 게 이토록 힘들다 힘들구나

해발 425m, 출렁거리며 깊어지던

그쯤이면 되겠다, 해발 425m, 굳이
모릿재터널이라고 말할 건 없겠다, 진부에서
평창으로 뚫린, 해발 425m, 5년 전에도
10년 전에도 넘나들던, 내 마음의
유적지(流謫地), 그쯤이면 되겠다, 고랭지 배추밭의
해발 425m, 내 그렇게 머리카락에 불붙은 듯
한세상 떠돌 때, 홀연히 다가온
해발 425m, 넝마 같은 몸으로 산모롱이를 돌고 돌 때,
전조등 불빛 속에 살아나던
해발 425m, 내비게이션의 붉은 핏줄처럼 흘러오던
해발 425m, 연료 보충 경고등처럼 깜박거리던
해발 425m, 산모롱이로 울려 보내던
목쉰 경적음의 해발 425m,
못물처럼 출렁거리며 깊어지던
해발 425m, 아직도 정체성 기압골에 갇혀 신음하는

해발 425m, 블랙박스 같은

그 협곡의 해발 425m는
내 고향 수하계곡의 오석(烏石)마냥
새까만 눈을 반짝거리고 있을 것이다 돌에 새겨진 칼자
국 같은
달빛 몇 가닥을 물고 있을 것이다

내 머릿속을 흔드는
블랙박스, 해발 425m

바람길을 타고 흐르는
해발 425m, 아직도 멀리 가지 못한
해발 425m, 내 마음 밑바닥의 해발 425m, 어쩌면 당신도
한번쯤 와 봤던 곳, 굽은 길, 속은 길, 속고
속이고, 물고 물린 뒤에야
그때서야 서늘하게 다가오는
헛짚은 길바닥, 해발 425m, 낯익은 입구의
캄캄한 출구, 내 마음의 해발 425m는 그런 것이다

해발 425m, 더 높은 산으로 올라가는

장맛비에 떠내려간 낙석주의 표지판의
해발 425m, 굴참나무 군락지의
해발 425m, 백척간두 벼랑 끝의
해발 425m, 거기서
길을 놓쳤다

출구 잃은 터널, 해발 425m, 구름처럼 흘러가는
해발 425m, 굴참나무 뿌리들이 움켜쥔
흙의 해발 425m, 그렇게
그곳에서 길이 끊겼는데

해발 425m는
제 나이테를 옥죄어
키를 밀어 올리는 나무들처럼
더 높은 산등성이로 올라가는 것이었다

해발 425m, 상처 없이 빛나는

달빛 젖은 계곡, 해발 425m는
타원형의 저수지처럼 산허리를 감고 있었다
저 댐의 방죽, 지난여름 태풍에도
무너지지 않았으니,
성채처럼 고요히 상처 없이 빛나니,

언젠가
야산의 고라니 한 마리가
해발 425m를 뚫고 산등성이를 오를 때의
피로 얼룩진 찬란한 햇빛을
나는 보았다

미완의 절필

그 소설은
두 문장이 겹쳐지면
깊고 서늘한 물길을 이루었다 거기서
새 몇 마리 날아올랐고

눈밭을 걸어가다 발을 멈춘 사내의
노숙의 밤과
신용 불량의 발가락이
누더기 밖으로 약간 불거져 나와 있었다

그 소설의
마지막 문장은
두 번 다시 같은 뜻으로 읽을 수 없는,
빠져나갈 수 없는 함정이었다

캄캄절벽의
바닥 모를 밑바닥, 거기에
한 사내가 몸을 던졌다

벼랑은
시퍼런 물길을 거둬들이지 않았다

금서(禁書)

불탄 집의 재 가루에서 꺼내 온
이 문장은
번갯불의 타 버린 혀이다 산 계곡의 얼음장이 갈라 터지는 밤,

저수지 저쪽 기슭에서 뻗쳐 오던 힘과 이쪽에서 뻗어 가던 힘이
맞부딪친 자리, 순식간에 얼음 밑바닥까지 칼금처럼 새겨지는
이 문장은

번갯불의 섬광으로 눈먼 자의 주술이다 뒤를 돌아보지 않아도 나는
이 길이 등 뒤에서 흘러왔음을 알고 있으니,
죽음의 혀를 불태우고 일어선
이 문장은

비단꽃무늬를 얻었다가 비단꽃무늬로 허물어진 뱀의 허물이다

제 살가죽을 가시처럼 찢고 솟아오른
이 문장은

살모사처럼 제 어미를 물어 죽였다 그 이야기를
무심코 거기서 끝냈던 것인데 눈이 그쳤다 비로소
얼어붙는 입, 그리하여 이 문장은

누대에 걸쳐 완성된 피의 철갑이며
끓어오르다 물러 터진 진흙의 후계자이다 눈 내리는 벌판에서 나는
그 어떤 말도 들은 바 없는데

내 이렇게 깜깜하게 눈멀어, 아무래도 이 문장은
빛이 나에게 준 상처, 빛의 劍이라고 말하는 게 옳겠다

떠도는 사막

내가 앓고 꿈꾸던 사막이 거기 있었다

평생 사막을 떠나지 않으면
모래바람 속에서 신의 얼굴을 보게 된다는
베두인족의 사막을 보고 싶었다

사막은
턱수염을 깎지 않는
독신의 냄새를 물씬 풍겼다

내가 앓고 숨 쉬던 사막이 거기 있었다

요즘도 인공위성 촬영을 하면
모래에 파묻힌 와디가 잡히고, 태양이
그 물길의 배를 타고 피라미드 안으로 들어갔다고 했으니
이를 태양범선이라고 했으니

내가 꿈꾸고 노래하던 사막이었다

불에 타지 않는 책, 신의 데스마스크가 거기 있었다

사막의 입구

걸어서 몸을 주저앉혀야 하는데, 우두커니 서 있던
석상 하나, 어디선가 본 듯한 발등이었는데
어디론가 가야 할 발걸음이었는데
목을 잃고 팔을 잃고 몸통을 잃고

사막 입구의 뜨거운 발 하나,
돌덩어리의 몸에서 풀려날 길 아득한데

몸 흔들어 깨어질 주검이라면
관절 마디마디를 풀어내야 하는데

아직도 감추지 못한
헐벗은 발등, 금전도 은전도 땅에 묻어 버리고
열쇠 꾸러미에 매달려 흐느끼던 손들 모두 떨치고

당신들이 흘러오는 동쪽을 바라보고 있어
동쪽에서 흘러온 아이들을 서쪽으로 넘겨주고 있어
두 번 다시 되짚을 수 없는
모래의 길, 목도 팔도 다리도 되돌아오지 않는데

사막 입구를 지키고 선
석상 하나, 발등을 흘러가는 뜨거운 모래처럼
눈을 잃고 귀를 잃고 목구멍을 잃고

사막에서의 하룻밤

몸이 헐벗어야 보일 게 보인다고
사막에 와서 불러 보는 여우야, 여우야,
이 하룻밤의 누구에겐가
참으로 간절한 사랑이 있다면
해 뜨기 전에 여우가 찾아온다고 했지
꼬리 긴 여우가 온다고 했지 손바닥의 모래처럼
사막의 밤은 흐르고, 모닥불 저쪽의
일렁이는 눈빛들, 허기진 갈망처럼 타오르고 무너질 때,
남몰래 불러 보는 여우야, 여우야,
먹다 남은 닭 뼈다귀를 놓고 나는 너를 기다렸지
그렇게 또 몇 세기의 모래바람이 지나가듯
모래밭에 꿇어앉아 꾸벅꾸벅 졸았지 때늦은 굴신의
메마른 적소(謫所), 닭 뼈에 남겨 둔 살점 몇 점이
그래도 그것이 내 영혼이라면
눈매 고운 여우가 온다고 했지 비로소 이 낡은 침낭 하나로
제 몸 하나씩의 적빈(赤貧)이 되었는데, 사막의 밤은
또 저렇게 물결처럼 지나가고
몸이 헐벗어야 보일 게 보이는데,

아직도 사방을 두리번두리번
앉은 자리만큼 움푹 꺼진 눈으로
파낸 모래만큼 우묵한 눈길로

씹던 껌을 씹듯

씹던 껌을 씹듯, 병을 앓는다 그러니까,
그쪽에서도 복사꽃이 지겠다 밤새워
꽃나무에 매달려 울고 불던
꽃잎들, 밥알처럼
토해 놓은 꽃잎들, 봄날이 마저 데리고 가지 못한
봄꽃처럼 병을 앓는다 내가 몸을 앓아야
병도 꽃피는 것, 꽃피는 한 시절의
병을 앓는다 그러니까,
당신네 집에서도 꽃이 지겠다 여기서
당신네 앞마당의 봄날을 견디듯
병을 앓는다 빨대로 우유 팩 밑바닥을 쪽쪽 빠는 것처럼
내 몸의 열꽃을 뽑아 올린다 그러니까, 비가 오면 우산을 펴고
날이 개면 우산을 접는 것인데, 그러니까,
그사이, 젖은 우산이 마를 때도 있었으니
눈먼 별사(別辭)가 땅에 묻힐 날도 있겠으니
병을 앓아 몸을 떤다 백열등 전구의
필라멘트처럼

무넘기로 물 넘어가는

빗줄기가 두드리는 못물에서 호곡하듯 일어서는
물방울, 쫑긋쫑긋 입을 벌려 빗방울을 받아먹는데
물 밑에서 잠을 깨는 어두운 목소리들,
진흙 바닥을 어슬렁거리다가
끓어오른다 후덥지근한
진흙의 숨을 타고 올라와, 못물이 일시에
술렁거린다 수면 안팎에서
들숨 날숨으로 주고받는 말소리들,
어린애가 젖 달라고 보채는
소리, 머리 빗는 처녀의 넋두리 같은
그 소리, 내 거기서 말 몇 마디 업어 와
시의 진흙 반죽에 밀어 넣는데
이렇하고도 남아도는 못물의
일렁거림, 못물은
제 아이의 등을 때려 밥 먹이는 어미처럼
펑퍼짐한 엉덩이를 자꾸 들썩거려, 밀고 당기고 굽이지는
물결들, 그 가락이 휘어지고 쓰러지고 회오리 치듯
무넘기로 물 넘어가는
초여름 저녁

무넘기로 물 넘어오는

무넘기로 물 넘어오는 저 순간들을 못 견디겠네
떼밀리고 떼밀리면 어쩔 수 없다는 듯
헛짚은 자리가 환하게 타오르네

끝없이 나를 속여 먹던
커브와 슬라이더와 포크볼의 햇빛들,
내 그림자의 수렁 하나 파 놓고 앉았는데

폭우 그친 여름의
낙차 큰 커브들, 오래 뉘우치고
짧게 우는 울음처럼
끄트머리를 뭉툭하게 잘라 버리네 나는
짧게 뉘우치고 길게 우는 물길이고 싶은데

캄캄하게 잊힌 물골을 더듬듯
헐떡이는 팔다리들, 겹겹의 중심이
무너져서 열리고, 저렇듯
제 속을 뒤집어
마침내 환해지는 얼굴들의

목구멍, 저 순간들의 광채를 못 견디겠네
뒤집어쓰지 못하겠네

저런 꽃나무가 싫어서

꽃도 없이 봄을 견디는 꽃나무가 싫어서
하루 종일 먼지 낀 창문으로
당신을 바라보았네

서해안고속도로를 흘러온 그림자가
여기 와서 주저앉은
오후 2시의 낯선
숙소, 신발장은 비어서 봄볕 밝은데

꽃도 없이 봄을 견디는 꽃나무가 미워서
신발장이나 훔치며 하루를 보내는데

회오리 치듯 몸 밖으로 빠져나가려던
흔적들, 눈물 자국처럼 비틀린
옹이들

마음이 흘러가는 대로
이 몸 하나 당신께 보내 주지 못하고

꽃도 없이 몸 흔드는 꽃나무가 싫어서
하루해가 저물 때까지
거무죽죽한 눈자위 그늘만 문지르고 다녔네

끊어지지 않는 별사(別辭) 1

돌 몇 개 주우려고 땡볕을 걸었던 게 아니었네

아직은 빛 밝으니 물 밑에도 돌이 있고
길이 있었네 아직도
내 마음이 그렇다는 듯이
물은 흐르고 머물고 서성거렸네

거슬러 올라가도 죄가 되지 않는 강, 여기서도
거듭거듭 당신을 놓치고

내 차의 창유리에 부딪혀
오십천의 일몰을 핏빛으로 빛내는
하루살이 떼

핏줄을 세우고
날개를 흔들다가
캄캄하게 쓰러지던 기억의
잔광들, 철조망의 비닐 조각들

땅거미도 결국
땅거미란 말의 땅거미 속으로 사라지듯
이 마음도 그러하리라 믿었지만

물결처럼 흐르면서 떠오르던 모래, 물결처럼
흐르면서 부서지던 모래알, 정녕
이 마음이 그렇다는 듯이

진흙으로 내 얼굴을 지우려는 것도 아니었네

끊어지지 않는 별사(別辭) 2

1

숲을 지나오고 보니,
어느 나무 아래서 비를 맞았는지 모르겠네
당신을 사랑했던 일도 그러했으니
땅바닥에 무릎 꿇고
빗물을 핥네

누더기 같은 몸 하나 가까스로 부려 놓고
산 계곡으로 계곡으로 아랫배를 밀고 가면
목구멍엔 짐승처럼 붉은,
붉은 물이 들이차고

이렇게 멀리멀리 흘러왔으나
아직도 내 가슴의 우거진 나뭇잎을 흔드는
붉은 물, 붉은

2

문득 뒤돌아보면, 강가의 나무들이 휘어지고, 강가의 돌들이 하얗게 소리치고, 그해 여름 장마는 그렇게 지나갔던

것이지요 이렇게 멀리멀리 흘러왔으나 문득 뒤돌아보면, 산
허리의 붉은 흙이 또 흘러내리고

3

차마 그 말을 하지 못하여
나무 한 그루를 사랑했었네
나뭇가지 뻗어 있던 그만큼의 그늘에서
내 일생 이렇게 늙고 말았네 그 울타리의
나뭇가지들, 아스라한 가지 끝에 해와 달이 열리고
우산처럼 펼쳐지던 희디흰 꽃잎들, 그때마다
이 가슴에 멍울지던 아그배나무 내 사랑,
남몰래 고요히 목매달고 싶었지만
발만 보고 중얼중얼 노래 불렀네 그리하여
어느 날 그 어느 날
그 나무에 열매 맺힐 때,
내 일생의 혼잣말을 어떻게 그렇게 견뎌 내려고
붉은 열매 맺을 때,
아그배나무 그 나무를 베어 버렸네

그렇게 눈빛을 마주쳤으니

—절벽의 꽃 1

말을 하지 않아도 너와 나의 결별을
나는 알았네 네 눈동자에 맺힌
창밖의 나뭇가지들, 끊어질 듯
휘어지고

기약 없는 악수나 포옹은 생략해야 했었네
애당초 우리는 멀리 있던 몸이었으니,
만리포의 파도가 굽이치고
이만큼 등을 돌린 뒤에도
굽이치고

산허리의 절벽에서 흘러내리던
꽃타래, 몸부림치듯
내 그렇게 서해안고속도로를 달릴 때,

나무는 구름을 흘려보내고
굴뚝은 연기를 흘려보내고
모래는 모래를 흘려보내고

절벽의 꽃타래들, 꽃숭어리 떨구듯
머리채를 흔들 때,
너의 이별은 완성되고
말을 하지 않아도 나는 알았네
차마 건네지 못한 네 말이
꽃숭어리로 떨어지던 것을

이윽고 캄캄한 터널이 오고

터널의 목구멍을 빠져나올 때,
아, 그때 비로소 나는 보았네
내 등 뒤에도 환한 통로 하나 열리고 있음을
까마득히 멀어지는 발자국의 거리만큼
눈부시게 출렁거리는

그렇게 눈빛을 마주치고는
—절벽의 꽃 2

학교 강의실로 오가는 길,
서해안고속도로를 오르내릴 때

그렇게 눈빛을 마주치고는 견딜 수 없어
절벽에서 흘러내리던
꽃타래,
잊을 수 없네

어떤 눈빛은 야차(夜叉) 같고, 어떤 눈빛은
캄캄한 우물 같아서

지난겨울은 동해안을 떠돌았네
눈 시리게 다가오던
雪岳의 흰 뼈들, 그렇게 눈빛을 마주쳤으니
그믐밤에도 빛을 내던
산 계곡의 흰 눈들, 잊을 수 없네

그리하여 내 피가 어두워졌다고는 말하지 않겠네
내 피가 뜨거워졌다고도 말하지 않겠네 다만,

어떤 눈빛은 흑장미 같고, 어떤 눈빛은
찔레꽃 같아서

눈빛을 마주치고는 견딜 수 없어
몸부림치듯
몸을 더듬는
등나무 아래의 연인들

어떤 눈빛은 불꽃 같고, 어떤 눈빛은
허물어진 성곽 같아서
내 이렇게 시를 쓰는데,

여기서 또
누군가의 눈빛을
불러야 하는 것이니, 눈빛을
마주치지 않고는 견딜 수 없는 것이니

3부

진흙들

—골목의 입구

1

몸이 근질근질하여 땅바닥으로 흘러내리는
진흙들

손바닥으로 눌러서는 죽지 않는
진흙들, 손가락 사이로 빠져 달아나는 진흙들

내 팔에 안기고 다리에 붙어서 어디론가 그렇게 흘러가고 싶었던 진흙들

누가 손짓하여 부르지도 않았는데,
자꾸만 이쪽으로 밀려오는 진흙들

무너지고 나서야
땅바닥에 닿는 진흙들

2

골목 끝의 배나무가 이제 좀 조용해졌다 바람 끊긴
먹먹한 저녁, 홍역 앓듯 열에 들떠 들썩거리는

짐승, 진흙들

3

이런, 나더러 어쩌라고, 내 눈에 들켜서 어쩔 줄 모르는
진흙 덩어리, 흠뻑 젖은
빛의 범벅들

내 등 뒤에서 암약하던
밤의 수렁들, 땅 밑의 물길을 따라
야차(夜叉)처럼 흘러다니던
밤의 짚신벌레들

진흙들
—도굴의 발자국

4

진흙들, 가뭄으로 배곯다가 소낙비 오면
번갯불을 받아먹고 온몸이 저릿저릿하도록 황홀하였다

노름으로 패가망신한 사내가 여기에 발자국을 깊숙이 묻어 두고 갔다
다시는 이쪽 세상으로 오지 않겠다고, 그런데

어디서 또 이런 진흙 덩어리, 내 옆구리에 달라붙는

진흙들, 자식을 사막의 전쟁터로 보낸 어머니마냥
시커멓게 타들어 가는 내장의
긴 탯줄들

헐벗은 노숙의 꿈틀대는 등허리들

5

진흙은
여태 그 누구에게도 보여 준 적 없는 장미 문신을 가졌다

진흙은
누구도 헤아릴 수 없는 도굴의 발자국을 지녔다 여기에 머물다 간
우묵한 눈빛들, 목을 매달듯
내 구두 밑창에 달라붙어
칼로 긁어내도 지워지지 않는

발자국들
불길한 점괘들
묵과할 수 없는 침묵들

6

살구나무에 안기는 봄날을 어찌할 수 없어서
진흙은 차라리 제가 무르녹기로 하였다

단 한 번 그렇게 굴복하였다

7

내 이렇게 몸을 구부리고 구부리지만

끝끝내 굴복하지 않는
진흙의 적빈(赤貧), 무릎 꿇지 않는
적신(赤身)의
흙덩어리들

진흙들

—불타는 영원의 가면

8

그 어느 날의 꿈이었던가, 불의 옷을 입고
불의 춤을 추던 진흙이여, 오싹한 두려움의 한기에 떨면서
나는 너에게로 나아갔다 말라붙는 입천장을 혀끝으로
적시며
번갯불에 비친
영원의 가면*을 보았다

불의 몸을 통과하여
불의 옷을 입고 오신 진흙이여, 아 하고 입 벌린 채
타오르는 입술이여, 너는 어제와 다른 옷을 입고 나타났
지만
가까스로 존재하는 영원의
찰나, 뱀이 허물을 벗듯
내 눈앞의 바위틈을 물살처럼 흘러가는
진흙 덩어리 덩어리여,

9

햇빛 쓰린 등가죽을 너에게 걸어 줄까, 진흙이여

이 땅에서 내가 죽고, 푸른 풀 돋아나면
또 어디쯤에서 머뭇거릴 것인가, 진흙이여

자꾸자꾸 뒤로 물러서는 산은 입이 열 개라도 할 말이
없어,
전봇대도 마찬가지야, 저무는 물결처럼
내 뜨거운 이마를 짚고 가는
강바닥의 진흙을 좀 봐, 보란 말이야

수만 번 태어나고 수만 번 죽어도
오 나의 정겨운 피붙이, 진흙이여
입을 틀어막아도 새어 나오는
진흙의 말이여

캄캄한 기억의 카타콤에서
가까스로 지팡이 하나를 찾아 들고 기어 나오는
눈먼 주술들이여

* 영원의 가면: 조셉 캠벨의 저서 『신화의 힘』의 소제목.

진흙들
—굶주린 입

10

무당은 무당의 주술에서 풀려나고
나무는 나무의 꿈에서 깨어나
주저앉는 자리, 진흙들

목구멍으로 삼킬 수 없어
울컥울컥 내뱉는
울음들

탱탱하게 부풀어 올랐다가 진저리 치듯 내려앉은
물색 좋던 시절의
젖꼭지들
검은 젖꼭지들

바람처럼 드나들던 허깨비 사내들에게
제 아랫도리 열어 주고 내어 주고
삼복염천을 기어가는
굶주린
입들

11

얽고 얽히는, 물고 물리는 아수라의
진흙탕, 어디선가 이런 꿈을 꿨는데
어떤 꿈인지 알 수 없는
눈꺼풀 안팎의
혼미한
경계, 아무래도 칡덩굴이 뒤엉킨 잡목림 속으로 길을 잘 못 든 것 같다

자욱한 눈보라 속을 헤매는 것 같다 백 년 전의 꿈길처럼
아득한 시야, 빽빽하고 물컹한
진흙의 내부, 내 출생의 피 묻은 방*이 여기에 있고
누대의 신탁과 잠언들이 나무뿌리처럼 누워 있고

선동과 파멸의 격문들,
재의 문자로 가라앉아 있으니

내 목구멍으로 꾸역꾸역 밀려오는
진흙들, 작렬하는 번갯불의 수수께끼들,** 영원의 한 순

간을 불태우며

영원의 문고리를 짤랑거리는

입이 굳어 가는 진흙들

12

물색 좋던 날은 가고, 돼지감자처럼 모여 앉은
벌건 눈동자들, 밤새 어디서
고도리를 치셨나, 풋내기들, 어중이와
떠중이들, 그 넉살들은 어디에 두고 오셨나

소낙비 몇 줄금, 벌판을 건너가고

비바람이 버무려 놓은 생김새가 저 모양이다
팥죽처럼 끓어오르는
물색 좋던 날들의 거품들, 그래 그동안
말이 너무 많았다 그리하여

이렇게,

땡볕 아래서 펄럭이는 혀

* 출생의 피 묻은 방: 딜런 토머스의 시 「환상과 기도」의 한 구절.

** 작렬하는 번갯불의 수수께끼들: 넬리 작스의 시 제목 「작렬하는 수수께끼들」을 참고.

진흙들
—일식

13

두려움에 떨며 문고리를 잡는
문밖의 손처럼
거기에 내 손바닥을 맞대는 것처럼

부드럽고 따뜻하게
가만가만 밀려오는 진흙들, 이윽고 발을 헛디딘 듯
뭉클한 깊이, 저절로 입이 벌어지더니
침이 고이고

침 범벅이 되는 두 개의 혀, 내장에서 끓어오르는
죽음 같은 담즙에 얼굴이 콜타르처럼 지워지자

눈과 코와 입이 빛의 덩어리로 녹아서
캄캄하게 흘러내리는
치정의
물컹한 탕진

14

도굴의 발자국, 그 끄트머리쯤, 여자는 왼쪽으로 누워 있고
남자는 여자를 껴안아 천년을 잠들었다
백주의 햇덩이 삼키듯 태우듯, 눈먼
치정의
달콤한 부패, 이렇듯 가뭇없는
세월, 여기서 한 제국이 일어섰다가 흙덩어리처럼 무너지고

녹슨 칼날 곁의
진흙들, 두 남녀의 더운 피를 고스란히 받아 앉았다
뼛조각 하나 흘리지 않았다 스스로를 징벌하여 구원을 얻은 듯
숨 멎던 순간의 영원을 지닌

손, 가까스로 맞잡은
손가락의 텅 빈 고요, 고요가 움켜쥔
허리 접힌 궁기의 쓸쓸한 미열들

진흙들
—재의 길, 재의 몸

15

그 집 앞마당에도 꽃이 붉었다
잡초가 무성했다

僧도 아니고 俗도 아니니,
떠꺼머리 노총각이
산허리의 집을 불태우고 떠난 뒤

진흙은
비바람에 쓸리고 눈보라에 밀리다가
결국 재의 길로 걸어 들어가
그 마지막 빛깔만 지니기로 하였다

16

나는 진흙과 싸워서 이 얼굴을 건져 왔다
진흙이 비바람에 뒤엉켜서 여기까지 왔듯이
여기 와서 고요히 입 다물고 있듯이

8월의 장미가

7월의 장미덩굴을 밟고서
여기까지 왔듯이

나는 진흙과 싸워서 이 얼굴을 건져 왔다 그리하여

진흙은 나에게
들끓던 내란의 횃불을 보여 주고, 도굴되는 무덤처럼
제 몸을 열어 반역의 칼자루를 던져 주었던 것이니,

17
이것이 만약 진흙이 아니라면, 숨 막히는 만삭의
보름달을 통과하여
당신 어깻죽지의 날개가 되었겠고

만약 이것이 진흙이 아니라면, 내 눈을 멀게 한
태양의 흑점을 뚫고 나가
여름날의 장미가 되었겠고

일몰의 그물에 목이 걸려 버둥거리는

푸른 새가 되었겠고, 되었겠는데

어떻게 알고 이 자리를 찾아와
나무 한 그루가 솟아오르듯

여기까지 밀려온 진흙,
제가 태워 먹은 물과 불의 혈통을 몸 깊숙이 숨겨 놓고 있다

18

진흙의 시는
불의 입구를 막고 서 있다가
재의 몸으로 되돌아가서
문 닫아걸고 나오지 않았다

밥 자리도 술자리도 작파해 버리고
여기 얹힌 문서들을 불태워 버리고

진흙의 시는

검은 사제복 하나 얻어 입고
수도원 골방에서 허리 구부린 채
점자책이나 읽고 싶었다

진흙의 시는
입으로 말하지 않는다
이 빛이 여기에 머무는 동안
나무처럼 서 있고 그림처럼 걸려 있다

진흙을 밟고
진흙을 넘어서는

진흙의 시는
불꽃의 슬픈 춤을 기억한다 팔다리를 내뻗어
몸 밖으로 밖으로 빠져나가려다 결국
무릎 안쪽으로 무너진
무너져 버린

진흙들

—탕진의 열매

19

진흙들, 내 발자국을 뒤따라오던 지평선이 여기 있고
역참의 말발굽처럼 지나간 해가 여기 있고
나의 생몰 연대가 새겨진 돌이 여기 있다

진흙들, 아직은 태울 수 없는
부적들, 내 스스론 삼키지 못할

붉은 목젖들, 신두리 바닷가로 가는 국도의
여름 한 철 배롱나무 꽃처럼

아직은 파헤칠 수 없는
미완의 둥근 봉분, 진흙들

20

때가 무르익은 것인가 아무렇게나 주물러도 물러 터지는
열매들, 여기
여름 해의 커다란 웅덩이가 있다

21

한밑천 다 털어먹은 탕진의 결과가 이러하다 물컹한
진흙들

진흙의 따뜻한 열매들, 열매란 말의 안쪽에 소복하게 앉
아 있는
이야기들, 그러니까
꽃과 구름과 나무들의 이야기, 그해 여름 장마 때

사과나무가 배나무를 미친 듯이 후려치던 행복했던 시
절의
밑도 끝도 없는 이야기, 이렇게 버무려진
위 없는 위이며
아래 없는 아래의,

홍동백서 밀쳐 낸
호박고구마 밤고구마 물고구마 같은 이야기, 길음시장
안뽕처럼 통통한
이야기, 허리 굵은 아낙네의 대퇴부마냥 축 늘어진 이야기,

지들끼리만 통하는 알록달록한 이야기,

입이 근질근질해서 도저히 못 견디겠다던 진흙 웅덩이가
빗방울이 떨어지자 동그랗게 입을 열고 건네준
이야기,

땅에 떨어진 열매들의 흐벅진 이야기,
벌판을 끝없이 건너가고도 아직 철탑에 남아 있는 전선
들처럼

또다시 시작되는, 이런 이야기, 진흙 이야기

진흙들
—블랙리스트의 커넥션

22

진흙의 블랙리스트에 네 얼굴이 그려져 있다는 전갈을 받았다 이를테면,

학교 강의실을 오갈 때, 아무리 쳐다봐도 시가 되지 않던
벌판의 송전탑이거나, 산허리를 파먹던
굴삭기의 삽날 같은 것일 텐데

진흙은 입이 무겁고 뱃심이 두둑하여
블랙리스트는 아직 공개되지 않고 있다 그 손아귀에 담겨 있는 것들, 이를테면,

학과 조교가 오면 슬쩍 감춰 버리는 시 쓰던 쪼가리이거나,
육군 훈련병 아들 녀석이 피를 두 봉지나 뽑아 주고 얻어먹은 초코파이의 단맛이거나,
짝퉁 비아그라를 먹고 창피당한 그날 밤의 물침대 같은 것일 텐데

이런 목록 어딘가에
네 이름도 있을 것이니,

찬 서리 내리기 전에
네 손목에 철컥 수갑을 채워 땅에 파묻겠다는 TV 뉴스가 떴다 그러니까,

23
그러니까, 이것이 진흙의 커넥션이다

애당초 이것은
역광처럼 흩어지던 너의 머리카락이었고, 그걸 바라보던
내 축축한 눈 그늘이었다 문득 되돌아보던

네 눈빛을 타고 흘러가던
구름이었다 노을빛으로 타오르던
구름의 실크로드였다 공중의 비는 또 무엇을 헛딛듯
주춤거리다 내리고, 이 하루를 못 견뎌서 무너지는

진흙 덩어리, 장맛비는 헤어질 때가 되면
꼭 딴소리를 하지만, 이쯤에서 골목의 담벼락처럼
퍼질러 앉는 진흙은

멸종된 공룡의 발자국이었고, 그걸 쓰다듬던
흰 손가락이었다 그 손가락 끝에 머물렀던
캄캄한 허공의 벼랑길이었다 그리하여
이것은

진흙들

—청맹과니와 어처구니와 뚱딴지들

24

누가 시키지도 않았는데

봄기운을 다 뽑어내 놓고, 아랫배가 헛헛해진 진흙들

해가 저물 때까지

희끄무레하게 늘어져 있던 진흙들

양말 속의 발가락을 꼼지락거리듯

제 몸의 궁기를 어쩌지 못해

길바닥의 발자국을 끌어당겨

몸 깊숙이 밀어 넣더니

배앓이를 하는

진흙들

진흙 웅덩이들

그렇게 입 다물고, 누룩처럼 말갛게

눈물을 띄워 올리는

뱃구레들

뱃구레의 통증과
삼복염천의 헐어 터진 입과
궁기를 감춘 눈구멍과

청맹과니와
어처구니와
뚱딴지의 진흙들, 주린 배 움켜쥐고
땅바닥에 몸을 비벼 몸을 헐어 내리는

25
꿈인 줄 알면서도 꿈결에 놀라
앞마당으로 뛰어나가듯
저 혼자 얼굴 붉히듯

꽃피는 진흙들
빗방울이 떨어지자
붉게 번지는 젖꽃판들, 어여쁜

진흙들, 처음부터 장미 문신을 꿈꾼 게 아니었는데

피어싱을 생각한 것도 아니었는데

낚시꾼에게 끌려 나오는 배스가
열꽃 반점들을 살갗으로 밀어내는 것처럼

누가 누군가에게 분풀이를 하듯
담벼락에 던져져서 흘러내리는
진흙 덩어리의

붉은 목젖들, 아직도 그 숨결 후덥지근한

진흙들

—그냥은 이 저녁을 지나갈 수 없는

26

붉고 푸르고 검은 복면을 쓴 채 나를 미행해 온
진흙들, 드잡이 한판을 별렀지만
막상 코앞에 닥치면 어느 한 곳 손볼 데 없는
진흙들, 뒤태 곱게 돌아앉아 뒷물을 하는가 하면
백치처럼 퍼질러 앉아 거품을 게워 냈다

진흙들, 그렁그렁하다가 탁해지는 눈물 같았다

장마철이면
비에 젖은 속옷마냥 척척하게 감기는
진흙들, 그냥은 이 저녁을 지나갈 순 없다는 듯
이쯤에서 물컹하게 내 발을 물었다

한낮의 열기와
밤의 냉기가 엇갈리듯 겹쳐지는
저녁의 눈구멍을 질퍽하게 반죽하는 진흙의
입, 한낮의 들끓던 쾌락과 고통을
거품처럼 물고

낮도 없고 밤도 없는
캄캄한 땅 밑으로 다시 들어갔다

27

진흙의 색소 공장, 그 안으로 들어가 보았더니,
어두컴컴한 극장의 영사실 같았다 거기
밤낮 없는 맞교대로
입이 헐고
눈이 먼 여자들,
머릿수건만 알록달록했는데

땅거죽을 뚫고 나오는
꽃나무의 꽃빛들은 눈부시구나 실시간의
동영상들, 어디서 또 스팸문자처럼 날아드는 색색의 나비들이
날개를 팔랑거리니, 겹쳐지듯 엇갈리는 찰나의
꽃빛들, 색색의 찰나를 담아내는

이 지상의 화면들처럼

낡은 필름의 치지직거리는 화면들처럼
밤낮 없는 맞교대로
눈멀고
입술 터지는

여자들, 대구 복현동 염료 공장에서 일하던
누이 같고 이모 같은

진흙 공장 여자들, 오늘은 물땡땡이 치마를 입고
동네 슈퍼에 잠깐 나타났다 사라졌다

진흙들
—생식과 죽음의 수렁

28

당산나무 뒤에 웅크리고 앉아서 뭔가 우물거리는 진흙의 아가리를 열어 보았더니,

아귀 잡귀 두억시니를 포식하고 누워서 땀을 흘리는 중이었다

길바닥의 진흙은

소낙비 내릴 때 목 놓아 한번 울더니

가뭄 속으로 타들어 가는데, 골목 끝의 담장 하나가

새파랗게 겁에 질려 몸을 떨었다 담벼락을 핥고 간 헤드라이트 불빛 때문이었다

감나무 그림자인가 했더니

두 남녀가 진흙 덩어리로 뒤엉켜 있었다

서로의 꼬리를 입으로 밀어 넣는 구렁이처럼 보였다

29

이러다간 내가 멱살 잡힐 얘기지만, 이 골목의 가장 어여쁜 꽃이

그 여자의 치마 속에 있듯, 이 동네의 가장 흐벅진 열매가
거기서 벌어지듯, 이 산 계곡의 가장 뜨거운 벼랑이
거기에 서 있듯, 이 벌판의 가장 깊은 웅덩이가
거기서 술렁거리듯, 이 지상의 가장 묵직한 돌이
거기서 달아오르듯, 이 세상의 가장 물컹한 진흙은
그 여자의 치마 속에 있다 "아니면 말고"의, 결국
나 혼자 입맛 다신, 뜬소문의 픽션처럼

30

발버둥 치듯, 비닐 구멍을 뚫고 솟아오르는
진흙들, 내 아랫배의 내장 지방처럼
꿀렁거리더니, 맹하게 풀린 눈으로
길바닥에 드러눕는
진흙들, 여기에도
해와 달과 별의 운행 일지가 새겨져 있으니,

누군가 이것을 밀고 들어가 한 왕조를 멸망시켰다 누군가
이것을 불태워 한 가계를 땅에 파묻었다 누군가
이것을 열어젖히고 국경 너머 사막의 전쟁터로 나갔다

누군가 여기에 엎드려 통곡한 듯
이마 자국 선명하다 그리하여

이 진흙은
횟배 앓는 아이의 눈구멍 같고
긴긴 여름 햇덩이에 얼굴 태운 해바라기 같구나

진흙들
—불려 나오지 못한 목소리

31
무거운 신발을 벗고 맨발로 내려가야 했던
곳, 진흙인 줄 알면서도 현기증으로 주저앉던

뒷걸음치기에도 이미 늦어 버린
당신이란 이름의
붉은 진창길

묵직하게 입을 다문 진흙 덩어리, 이것의 은유가
나는 좋은데, 나날의

황사 바람, 눈 못 뜨고 당신을 사랑하였다

32
저 꽃빛은 어디에서 와서, 내가 이렇게
목이 마르고

봄날의 어지러웠던 꿈자리처럼
또다시 물컹하게 밟히는 진흙

넉살 좋게 달라붙어 시치미 떼는
진흙, 오목한 눈으로 실실 웃는
진흙, 거기에
내가 당신을 사랑했던 죗값을 파묻었으니,
산빛이 저리 푸르고, 물컹거리는

진흙들, 언 발 녹이듯
발자국을 끌고 가는
애증의
상피 붙은 몸뚱이들, 퍼 담을 수 없고
내버릴 수도 없어

매장시킨 진흙들, 거기
아직 불려 나오지 못한 나의 목소리가 있다
묶인 발과 접힌 귀가 있다

진흙들
—침묵의 수렁

33

진흙을 주무르면
오늘 하루가 제 길이만큼 숨을 쉬고, 강을 따라 떠내려온
백수광부 이야기가 흘러나오지

이토록 깊은 수렁인 줄 몰랐지, 진흙을 주무르면서 나는
내 발자국의 헛꿈을 짚어 내고

툇마루를 파먹어 들어오는
햇빛 쪼가리를 뜯어내 당신의 어깨에 걸쳐 주고 싶은데,
진흙을 주무르면
당신이 여기에 없다는 걸 알게 돼

처마의 햇빛이 벌판을 다 걸어가야 하루가 저물고
진흙을 주무르는 건
당신과 나의 전생을 헤아리는 일이지만
진흙을 주무르면서 나는
몸을 앓고, 앓아서 팔다리를 잃어버리지

이런 일은
널빤지 저쪽에서 배어 나오는 물처럼
진흙도 어떻게 손을 쓸 수가 없다는 거야

마당가의 자귀나무 한 그루, 꽃나무는 늙어도 꽃이 고우니
언제나 첫물인 듯, 진흙을 주무르면
당신의 무덤에도 제비꽃이 피어나고
진흙을 주무르면서 나는 결국
이런 이야기를 지워 나가지, 지워 버리지

34

빗소리에 말을 섞어 중얼거리는 대신
진흙에게 물어보고 소리치는 말:
진흙을 주무르면 내 몸을 파고드는 숨결이
어찌 이리 많으냐고, 이토록
온몸을 숨 막히게 해도 되느냐고, 눈밭을 더듬어 가는
한 마리의 짐승처럼
무릎 꿇고 엎드려 입술 한번 적시고
당신을 쳐다보는
이 눈물이 그치질 않느냐고, 그날의 십자가는

곪고다 언덕에서 무너졌는데, 어찌하여 당신께선
내 등허리에 이런 매질을 하느냐고,
떡메도 없이, 진흙을 두들겨서 꺼내 온 말들

35

어찌하여 이 지상의 몸 하나를 받아서
진흙의 더운 숨을 내가 숨 쉬고

멀리서 가까이서 움직이는
진흙들, 불탄 거적때기를 뒤집어쓰고
나에게로 밀려오는

진흙들, 하늘을 날던 새의 날개였던가
물 밑을 헤엄치던 물고기의 아가미였던가

가라, 네가 어디서 왔던 그곳으로 가라
네가 왔던 그 길로 가라
너에게로 가라

진흙이여, 아직도 몸 허물지 못한

진흙들
—저를 감추면서 저를 드러내는

36

산허리를 그물처럼 뒤덮은 칡덩굴의 어두컴컴한 구멍들, 군데군데 파 놓은, 뭉실뭉실 번져 가는, 한번 발을 걸치면 빼낼 수 없는, 저를 감추면서 저를 드러내는

수렁들

흙구덩이에 뒤엉겨 있다가 햇빛 좋은 한낮의 방죽으로 나와 똬리를 틀고 있는 구렁이처럼 산 계곡의 나무들을 걸터앉은

칡덩굴들, 그 아래쪽

저수지의 묵직한 수심을 끌어당겨 뱃가죽에 붙이는 진흙들, 거기로 흘러내리는 수렁과 거기로 뻗어 가는 칡뿌리와 거기 고인 비바람의 악천후들

37

물 위를 날아가는 새 떼들, 수면을 지그시 누르는 힘으로

미끄러지듯 스치는
돌멩이 같은 것들, 물샐틈없는
풍경들의 고요한 하루, 산허리를 굴러 내리는
돌의 발꿈치에 파꽃이 터지고, 돌의 이마를 짚어
내 몸의 열꽃이 타오를 때까지
돌의 아랫배와 내 아랫배가 한 줌의 흙구덩이로 뒤섞일
때까지
부글거리는 진흙들, '스친다'고 말할 수 없고
'돌멩이'라고도 말할 수 없는
묵직한 흙 자루들, 사나흘가량 햇빛 좋게 머물다 갈
개망초 꽃줄기를 입에 물고 있는

38

양철 지붕의 벌건 녹물을 받아먹고 앉아서
처마 밑에 허리 꼬부리고 앉아서
낮술 취한 듯 거나하게 퍼질러 앉아서
귀머거리 앉은뱅이 흉내 내고 앉아서
무릎 꺾고 앉아서
제 몸의 고요 속으로 팔다리를 내리고

국밥집 입구의 흩어진 신발들을 보고 앉아서
길바닥의 누더기 밖으로 삐져나온 발바닥을 보고 앉아서
제비꽃의 하루를 꽃피우고 앉아서

진흙들
—봉인된 침묵

39

한 걸음이면 홍련이요 두 걸음이면 백련인데,
깜깜하게 밀봉된
진흙의 시간들, CT 촬영으로는 알 수 없고
적외선 사진으로만 판독되는
내 오른쪽 어깨의 통증처럼
붉은 熱이 바글거린다 플라스틱 함지박에
마음 오그려 붙이고
오뉴월 땡볕을 빙빙 돌아도
진흙에서 잠자는
꽃의 시간들, 함지박의 연잎은
일렁이는데, 나뭇잎 수북한 울타리 아래
얽히고설킨 나무뿌리처럼
아직도 눈 맞추지 못한
한 걸음의 홍련이요 두 걸음의 백련이라, 그래
그렇게, 진흙 덩어리 연뿌리를 건네준
당신, 당신의 눈에만 감춰 두고 싶은
꽃빛의 언약인가, 한 걸음의 홍련아
두 걸음의 백련아, 진흙 속의

흰 입술 붉은 입술 햇빛 속으로 내밀어 봐,
한 걸음이면 벌 나비요 두 걸음이면 찬 서리니

40

머릿속을 가득 채운 진흙들, 그래서 나는
아무 말도 할 수 없었는데, 캄캄한 밤하늘이
번갯불을 여러 번 놓쳤다 그때,
새들의 날갯짓이 아득하게 흩날렸고
비로소 내 머릿속에 새겨지는
새의 흰 뼈들

진흙의 시

이것은
캄캄한 벼랑 뒤에서 피어나는 꽃이다

나는 이것을 하늘에 파묻고 땅에 밀어 넣었지만, 이것은
사방에서 팔다리를 묶어 잡아당기는, 핏물 젖은 영원의 수레바퀴 위에서
번갯불보다 아름답게 잠을 깼다

이것은
돌에 새겨진 번갯불의 꼬리이며, 번갯불을 잡아먹는
하늘의 사냥개*다

이것은
길모퉁이 하나를 돌면
어두운 골목의 떠돌이 개가 되고
LCD 화면을 통과하는 순간, 날렵한 표범으로 변하여 밀림으로 사라진다
휴대폰의 액정 화면을 통과하면, 얼음 물고기가 되어
아가미 얼어붙던 그날 밤의 강추위를

나에게 일러 준다

이것은
사막의 모래바람처럼
내설악 골짜기의 눈보라처럼
거대한 데스마스크를 쓰고 나에게 밀려왔는데,
뒤늦게 맞닥뜨린 절벽 같은
이것은
진흙 터널을 뚫고 왔다

누가 이것을 어디에서 가져왔느냐고 물으면, 나는
그해 여름 산 계곡의
개가죽 벗겨 핏물 씻던 바위를 기억해 내야 한다
벌건 개울물이 순식간에 투명해질 때
소스라치게 뒷걸음치던 발자국을 되짚어가야 한다

언제 어디서나 내 눈동자를 들여다보는
이것은
번갯불을 두드려 만든

청동의 검이다 번쩍이는 칼빛에
눈먼 검객들, 저 파란만장한 흙먼지의 일생이다

* 하늘의 사냥개: 프랜시스 톰프슨의 시 제목.

파묻힌 얼굴

—또는 매장된 시

기꺼이 무릎 꿇고 절을 하듯이, 머리를 진흙 속으로
들이밀고, 벌거벗은 궁둥이만 보여 주시는
나의 어머니, 저렇듯 얼굴을 뭉개어
진흙이 되셨으니, 그 기쁨 홀로 누리시도다
진흙을 처발라 출구를 봉해 버린
참나무 불길을 견디시고 이기셨으니
그 고통 세세연연 당신 몫이옵니다

타관을 떠돌던
낡은 가방 내려놓고
노숙의 험한 망치와 목장갑을 등 뒤로 감추고
이마에 재를 바르듯, 당신께 나아가
두 볼의 눈물을 경배하고자 하오나
얼굴은커녕 발가락마저
궁둥이로 눌러서 감추어 두셨도다

진흙 속으로 캄캄하게 묻어 버린 눈, 눈꺼풀을
어떻게 열고 계신지, 진흙을 눌러 붙인
사방의 손자국을 둘러보는 것인데,

오, 엉덩이로만 빛의 윤곽을 느끼시는
나의 어머니

■ 작품 해설 ■

진흙이라는 추상

고봉준(문학평론가)

1

한 시인의 시 세계는 성좌의 형상을 취한다. 각각의 시집은 밤하늘의 북극성처럼 홀로 빛난다. 우리를 매료하는 것은 그 까마득한 높이가 아니라 어둠 가운데 눈뜨고 있는 빛일 것이다. 그러나 그 책들이 하나의 거대한 계열을 형성할 때, 그리하여 별들이 자리가 되고 무리가 될 때, 북극성처럼 밝게 빛나던 별들은 애초의 밝음을 잃고 자리의 일부가 된다. 한 권의 시집으로 하나의 세계를 열고 닫는 시인들도 있기 마련이지만, 별이 복수(複數)가 되는 순간부터 사정은 달라진다. 이제 중요한 것은 각각의 별이 내뿜는 빛의 파편에 시선을 빼앗기는 것이 아니라 성좌 전체를 읽어 내는 일이다. 오정국의 시를 읽는 일이 또한 그렇다. 그의 다섯 번째 시집을 펼치기 전에 우리가 결코 짧지 않은 우회로를 거쳐야 하는 이유가 여기에 있다.

오정국은 지금까지 네 권의 시집을 출간했다. 첫 번째 시집에서 그는 세속 도시를 배경으로 그리움과 증오로 찢어진 통한의 서정을 펼쳤고, 두 번째 시집에서는 현대 사회의 불모성을 모래사막의 서걱거림에 비유했다. 현대성에 대한 음화(陰畫)의 성격을 지닌 이러한 시 세계는 뒤이어 나온 두 권의 시집에서 존재의 얼룩과 통점(痛點)에 도달하려는 의지로 방향을 바꾸었다. 이즈음 그의 시 스타일은 통한의 서정을 뒤로하고 존재의 본질에 가닿으려는, 고통의 근원을 응시하려는 내면의 서정으로 바뀌었다. 이 변화는 "나는 무엇인가 끊임없이 그리워해야만 살아갈 수 있습니다"(「그리움 또는 증오」)라는 자아의 언어가 "그 어디서 누가/ 이토록 간절하게 노래를 부르고 싶어/ 난데없이 내 입에서 이런 노래가 흘러나올까"(「몸살, 찔레꽃 붉게 피는」)라는 비인칭의 언어로 바뀌는 과정과 일치한다. 첫 시집의 일절(一節)인 전자에서 시는 '나'의 목소리가 지배하지만, 네 번째 시집의 일절인 후자에서 시는 '누가'라는 익명의 목소리를 시인이 대신 전달하는 복화술로 바뀌었다. 이제 시는 '나'라는 주체의 의지와 감정에 의해 조절되는 것이 아니라 '나' 아닌 존재와의 관계, '나'의 바깥과의 관계에서 발화된다. 쓴다는 것, 그것은 언어를 이 '바깥'에 대한 매혹 아래에 두는 일이다.

이 바깥과의 관계는 세 번째 시집에서 "내가 밀어낸 물결, 또 내게로 온다"(「내가 밀어낸 물결」)처럼 '나'를 향해 육박하는 것과 조우하는 일로, 네 번째 시집에서 "저 빗소리를 다 받아 적고 나면, 이 몸 아프지 않을까요// 아직도 짚어 내지 못한/ 내 몸의 통점들, 숨죽인 채/ 숨어 있는/ 시의 통점들 (중략) 아아 나는 저 소리를 받아 적는 붓이거나/ 장구이거나/ 징이거나"(「통점, 아직도 짚어 내지 못한」)처럼 '나' 바깥의 것들을 다만 받아 적는 수동적 글쓰기로 표현된다. 그렇게 시는 '바깥'의 소리를 받아쓰는 비인칭적 행위가 되고, 그 속에서 시는 항상 '나'를 향해 다가오는 미지의 어떤 것에 자신을 개방하는 불가사의한 사건이 된다. 그러므로 시인이 다섯 번째 시집에서 "어떤 날엔 어떤 말이 나를 불러내서/ 자욱한 눈발처럼 흩날리게 하고// 어떤 날엔 어떤 말이 나를 불러내서/ 삼복염천의/ 진흙마냥 들끓게 했는데"(「밤은 또 마타리꽃을 흔들며」)라고 말할 때, 그것은 세 번째 시집부터 모습을 드러내기 시작한 비인칭적 글쓰기가 여전히 지속되고 있다는 증거가 된다. 세 번째 시집의 '물결', 네 번째 시집의 '멀리서 오는 것들' 연작, 그리고 다섯 번째 시집의 '진흙'은 자아의 능력을 벗어나 바깥에서 도래한다는 점에서, 또한 그 도래가 자아의 무능력을 반복적으로 확인시키는 존재들이라는 점에서 일정한 연속성을 지니고 있다.

나는 아무런 생각도 하지 않았는데, 머리 위로 구름이 흘러왔다
책갈피를 펼치면
왜 여기에 밑줄을 쳤을까 싶고

나는 아무런 말도 하지 않았는데, 깜깜한 밤이 오고
불붙은 기차가 벌판 끝으로 사라졌다

—「'나는 아무것도'의 이야기」에서

"나는 아무것도"는 무위(無爲)의 언어이다. 그것은 '자아'의 무능력이라는 부정성을 환기한다. 과제-영위의 세계에서 빠져나오는 것으로서의 무위. 생산과 완성을 위해서는 할 일이 더 이상 없으며, 아무것도 하지 않음으로써 다만 거기에 있음. 이 시의 매력은 미리 정해진 목적을 달성하기 위한 어떤 행위도 하지 않는다는 데 있다. 목적이 없으므로 무목적인 행위이며, 의지가 없으므로 무위의 행동이다. 이 시는 만상을 주체에게 걸어 두는 전통적인 서정의 어법과 달리 시적 화자를 다만 말하는 자로만 한정한다. 그래서 '나'의 머리 위로 흘러가는 구름도, 무심코 펼쳐 든 책 속의 밑줄도, 불붙은 기차가 벌판 끝으로 사라지는 일도 모두 '나'의 바깥에서 발생하는 사건으로 처리된다. 이 바깥과의 관계에서 '나'는 매 순간 반복해서 죽는다. 그것은 '나'라는 존재의 실제 죽음이 아니라 자아와 주체의 죽음이며, 그리

하여 '나'가 등장하지 않는 이야기의 세계이다. "'나는 아무것도'라는 이야기"의 주인공은 더 이상 '나'가 아니다. 그러므로 이것은 '나'가 아닌 '나'가 등장하는, 이상한 이야기이다. '나'가 등장하지 않을 때 '그것'이 오고, 행위 주체로서의 '나'는 '그것'에 매혹되어 글 쓰는 존재가 된다.

2

매혹은 사로잡히는 것이다. 그것은 나/우리라는 주체가 대상을 선택하는 인식의 과정이 아니라 바깥('그것')의 침입에 무방비로 노출되는 것이다. 에우리디케를 향하여 죽음의 세계로 내려가는 오르페우스가 그러했듯이. 쓴다는 것은 언어를 매혹 아래 두는 것이다. 거부할 수 있는 것, 도망칠 수 있는 것은 매혹이 아니다. 시는 선택하지 않는다. 시는 선택의 거절 속에서, 선택하지 않음에서 출발한다. '그것'에 매혹될 때 우리는 한없이 고독해진다. 매혹의 글쓰기는 접신 상태에 들어선 무당처럼 '그것'의 목소리를 받아 적는 일이고, 그런 점에서 '나'라는 자아의 죽음과 연결되기 때문이다. 시작(詩作)은 '나'의 죽음, '나'가 비인칭의 '그'가 되어 '그것'의 목소리를 받아쓰는 순간의 다른 이름이다. 그러므로 예술은 불행한 의식에서 시작된다. 예술은 자신을 잃어버린 자, 횔덜린이 말했듯이 신들이 더 이상 존재하지 않는, 신들이 아직 존재하지 않는 이 비탄의 시간에 속하는 추방된 자들의 상황을 보여 준다.

빗줄기가 두드리는 못물에서 호곡하듯 일어서는
물방울, 쫑긋쫑긋 입을 벌려 빗방울을 받아먹는데
물 밑에서 잠을 깨는 어두운 목소리들,
진흙 바닥을 어슬렁거리다가
끓어오른다 후덥지근한
진흙의 숨을 타고 올라와, 못물이 일시에
술렁거린다 수면 안팎에서
들숨 날숨으로 주고받는 말소리들,
어린애가 젖 달라고 보채는
소리, 머리 빗는 처녀의 넋두리 같은
그 소리, 내 거기서 말 몇 마디 업어 와
시의 진흙 반죽에 밀어 넣는데
이럭하고도 남아도는 못물의
일렁거림, 못물은
제 아이의 등을 때려 밥 먹이는 어미처럼
펑퍼짐한 엉덩이를 자꾸 들썩거려, 밀고 당기고 굽이지는
물결들, 그 가락이 휘어지고 쓰러지고 회오리 치듯
무넘기로 물 넘어가는
초여름 저녁

—「무넘기로 물 넘어가는」

오정국의 시는 무엇보다도 매혹의 순간을 증언한다. 시집의 2부에 등장하는 구절들, 가령 "나를 그냥 내버려 두지 않는 한낮의 햇빛과/ 밤의 어둠",(「밤은 또 마타리꽃을 흔들며」) "내 머릿속을 흔드는/ 블랙박스, 해발 425m",(「해발 425m, 블랙박스 같은」) "무넘기로 물 넘어오는 저 순간들을 못 견디겠네",(「무넘기로 물 넘어오는」) "그렇게 눈빛을 마주치고는 견딜 수 없어/ 절벽에서 흘러내리던/ 꽃타래,/ 잊을 수 없네"(「그렇게 눈빛을 마주치고는」) 등은 거부할 수 없는 매혹의 순간을 증언한다는 점에서 동일한 진술이다. 매혹의 순간은 매혹이라는 사로잡힘의 사건을 증언할 뿐, 어떤 내용을 갖지 않는다. 그런 점에서 매혹은 언어의 형식을 취하되, 의미와 결합되어 있는 언어이기보다는 텅 빈 언어, 즉 음악적이고 물리적인 소리로서의 언어에 가깝다. 오정국의 시에서 일관된 시적 내용이나 주제를 찾는 것이 어렵고 무의미한 까닭은 그의 언어들이 의미의 층위에 국한되지 않기 때문이다.

「무넘기로 물 넘어가는」은 매혹과 관련하여 오정국의 시작(詩作)이 시작되는 장면을 보여 주는 작품이다. 이 시에서 시인은 못물에 빗줄기가 떨어지는 장면을, 그 빗줄기의 수직 낙하에 반응하여 일어서는 물방울들의 움직임을 보고 있다. 그러나 시인이 보는 것은 물방울의 격렬한 부딪힘만이 아니다. 떨어지는 빗줄기에 반응하여 튀어 오르는 물방울의 움직임 속에서 시인은 "물 밑에서 잠을 깨는 어두운 목소리들"을 듣는다. 그 소리는 우리의 시선이 도달할 수 없는 심연에서 솟구치는 사물의 소리이며, 못물이라는 존재 자체가 내뿜는 존재의 언어이다. 시인은 이 목소리를 "수면 안팎에서/ 들숨 날숨으로 주고받는 말소리들"이라고 명명하거니와, 이것은 비유를 통해서만 이 사물의 소리에 근접할 수 있음을 의미한다. 시인에 따르면, 시란 이 소리들 가운데 몇 마디의 말을 업어 오는 것이며, 그럼에도 불구하고 그 소리는 결코 고갈되지 않는다. "내 거기서 말 몇 마디 업어 와/ 시의 진흙 반죽에 밀어 넣는데/ 이럭하고도 남아도는 못물의/ 일렁거림". 시는 이 목소리를 받아 적는 2차적 행위이다. 문제는 이 목소리가 언제 어디서든, 혹은 누구라도 쉽게 들을 수 있는 종류의 물리적인 음향이 아니라는 데 있다. 왜 그러한가? 우리가 날것 그대로의 사물의 목소리를 쉽사리 듣지 못하는 이유는 우리의 청각기관이 인공적인 소리에 익숙해졌기 때문일 것이다. 이런 점에서 "어두운 목소리들"은 들을 수 없는 소리, 들리지 않는 소리이고, 그것을 듣는 것은 오직 그것에 사로잡힐 때에만 가능한 것이다. "어떤 눈빛은 불꽃 같고, 어떤 눈빛은/ 허물어진 성곽 같아서/ 내 이렇게 시를 쓰는데".(「그렇게 눈빛을 마주치고는」)

그렇다면 매혹된 자의 언어와 이성적인 주체의 언어는 어떻게 다른가? 이 질문에 대답하기 전에 먼저 '앓음'이 매혹의 또 다른 순간임을 밝혀 두기로 하자. 매혹 이전을 이성이 지배하는, 정서적인 균열이 발생하지 않은 일상적 상태라 한다면, 매혹 이후는 그러한 정상성과 안정성이 깨지는 순간부터 시작된다. 신체적인 것이든 정신적인 것이든, 우리의 일상적 리듬이 깨진다는 것은 무엇인가에 매혹된다는 것을 의미한다. 그러므로 시인이 "내가 몸을 앓아야/ 병도 꽃피는 것, 꽃피는 한 시절의/ 병을 앓는다"(「씹던 껌을 씹듯」)라고 말할 때의 이 앓음 또한 신체적인 매혹의 경험이라고 말할 수 있다. 이것은 매혹의 언어, 앓음의 언어가 지극히 신체적일 수 있는 가능성을 열어 놓는데, 가령 「금서」에 등장하는 문장에 관한 진술들은 정상성을 넘어선 과도한 언어라는 점에서 매혹의 언어라 할 만하다. 이 시에서 금서의 문장은 "번갯불의 타 버린 혀"에서 시작하여 "얼음 밑바닥까지 칼금처럼 새겨지는" 것, "죽음의 혀를 불태우고 일어"서는 것, "제 살가죽을 가시처럼 찢고 솟아오른" 것이며, "누대에 걸쳐 완성된 피의 철갑"이자 "끓어오르다 물러 터진 진흙의 후계자"이며, "빛이 나에게 준 상처, 빛의 劍"이라고 표현된다. 문장에 관한 이 모든 비유는 결국 금서의 치명성을 강조하기 위한 표현들인데, 금서가 치명적인 이유는, 니체의 잠언들이 그러하듯이, 눈을 뗄 수 없을 정도로 매혹적이기 때문이 아닐까.

3

시집 『파묻힌 얼굴』의 전반부는 '물'이, 후반부는 '진흙'이 지배적인 이미지로 등장한다. 사막을 거쳐 진흙의 세계에 당도한 시인의 시에서 물의 이미지를 읽는 것은 아이러니일지도 모른다. 그렇다. 그럼에도 그가 내디딘 흙의 세계 이면에서 물의 이미지를 제거할 수 없음은 분명하다. 가령 첫 번째 시집에서 물은 "그 어떤 힘이/ 한순간 손바닥을 때린다 울음처럼/ 한꺼번에 쏟아진다 아직도 살아 있는/ 물, 댐에 갇혀 아우성치던/ 물, 탯줄처럼 땅 밑의 관을 타고 흘러온/ 물, 멀리서 와도 힘차고/ 멀리서 오기 때문에 두렵다"(「야생의 물」)처럼 야생의 이미지로 등장한다. 멀리서, 친숙한 세계의 바깥에서 오는 야생의 물은 공포의 대상이다. 이것은 바깥에의 매혹이 '나'의 세계를 송두리째 전복한다는 것, 이 전복의 경험 없이는 어떠한 시도 발화되지 않는다는 것을, 어떠한 글쓰기도 시작되지 않는다는 것을 뜻한다. 모든 시적 촉발은 '나'가 장악할 수 없는 미지의 세계에서 온다. 두 번째 시집에서 물은 "내가 죽은 뒤에도 비가 오지 않았다",(「모래무덤」) "모래밭에 물이 마른 흔적이 있다"(「동부간선도로 2」)처럼 부재의 형식으로 등장한다. 이것은 물의 부재나 결핍이 아니라 부재와 결핍의 방식으로 가시화되는 물의 존재를 문제 삼은 것이다. 세 번째 시집에서 물은, 앞서 이야기했듯이, 시인이 밀어내려 했으나 끝내 밀어내지 못함으로써 반복적으로 '나'에게 되돌아오는 바깥의 이미지이다. 그리고 네 번째 시집에서 시인이 "기댈 곳 없는 슬픔은/ 늘 저렇게 출렁거리고"(「기댈 곳 없는 슬픔」)라고 이야기할 때 물은 슬픔의 유동성을 가시화하는 비유로 다시 등장한다.

이번 시집 『파묻힌 얼굴』에서 물의 이미지는 "발밑의 수맥들이 빠르게 흘러갔다"(「'나는 아무것도'의 이야기」)처럼 흘러가는 것, 즉 '길'의 이미지와 나란하게 배치되어 있는 '이야기'의 일부이고, "모래밭의 돌을 들어 올리니/ 밑바닥이 축축하게 젖어 있다"(「강 1」)처럼 현재적 삶의 이면을 가리키는 오래된 시간이다. 시집 1부에 등장하는 몇 편의 이야기는 물의 흐름과, 과거의 시간으로 거슬러 올라가려는 무의식적인 의지처럼 읽힌다. 물살의 흐름과 시간의 불가역성을 거슬러 올라가 시인이 도달하려는 세계는 어떤 곳일까? 어쩌면 그곳은 "이렇게 멀리멀리 흘러왔으나/ 아직도 내 가슴의 우거진 나뭇잎을 흔드는/ 붉은 물"(「끊어지지 않는 별사 2」)이 흐르는 "내 고향 수하계곡"(「해발 425m, 블랙박스 같은」)의 세계가 아닐까. 오정국의 많은 시편들이 여행의 형식을 취하고 있는 까닭도 이와 무관하지 않을 것이다. "내 그렇게 머리카락에 불붙은 듯/ 한세상 떠돌 때, 홀연히 다가온/ 해발 425m".(「해발 425m, 출렁거리며 깊어지던」) 이처럼 오정국의 시에서 물은 모든 이야기의 유일한 배경이 되고 있는데, 가령 시인이 "내달리듯 번지는 강가의 봄풀들, 강의 이름을 물으며 걷다가/ 또 하루가 저물었다",(「강 1」) "강물 따라 떠내려온 슬픈 이야기, 나도 강을 따라/ 멀리, 더 멀리 가서",(「강 2」) "물결의 띠는 아름다웠습니다 그 물길,/ 뭍과 바다를 묶어 주고/ 풀어 주고",(「띠」) "산과 강의 경계인 듯 길은 흐르고, 길바닥 하나로 좌우의 불균형이 지워지는 듯"(「두물머리 풍경」)이라고 노래할 때 '강(물)'은, 이야기가 그러하듯이, 인간의 의지('경계')를 가로지르며 흐르는 물리적 세계의 일부이면서, 그 물살을 따라 도처로 흘러드는 떠돌이의 삶을 표상한다. 이야기의 거대한 배경이 되는 물의 유동성은 반복해서 시인의 시적 사유를 촉발시키는 바깥의 역할을 떠맡고 있다. 뿐만 아니라 물 이미지는 "나는/ 저 눈밭을 달려간 기차였다 당신의/ 발밑의 얼어붙은 강물이었다",(「눈밭을 달려간 기차 이야기」) "겨울 강/ 얼어 터진 강",(「겨울 강 1」) "칼금 같은 입을 물고 이 한 철을 견디다가/ 때아닌 겨울비에/ 팔다리가 풀리는 얼음",(「겨울 강 2」) "전신이 허물어진 눈사람의 전신은/ 열흘 동안 햇빛을 받아/ 이 지상의 모습 하나 버릴 수 있었다"(「눈사람의 전신」)처럼 강물에서 눈사람에 이르기까지 다양하게 변주되면서 지배적인 시적 장치로 기능하고 있다.

몸이 근질근질하여 땅바닥으로 흘러내리는
진흙들

손바닥으로 눌러서는 죽지 않는
진흙들, 손가락 사이로 빠져 달아나는 진흙들

내 팔에 안기고 다리에 붙어서 어디론가 그렇게 흘러가고
싶었던 진흙들

누가 손짓하여 부르지도 않았는데,
자꾸만 이쪽으로 밀려오는 진흙들

무너지고 나서야
땅바닥에 닿는 진흙들

—「진흙들—골목의 입구」에서

진흙은 이 시집을 관통하는 지배적 이미지 중 하나이다. 그러나 미리 말해 두자면 진흙은 단순한 시적 대상이 아니다. 그것은 정의가 불가능한, 형태를 가늠할 수 없는 야생의 상징이며, 원초적 생명력에서 일상적 비유에 이르기까지 모든 사유와 감각을 포괄하는 일종의 추상체이다. 무엇보다도 진흙은 형태를 갖지 않는, 그렇기 때문에 어떤 형상으로든 변이될 수 있는 잠재성이다. 진흙은 얼굴을 갖지 않는다. 그것은 너무 많은 얼굴을 숨기고 있다. 본다는 것이 사물을 한낱 대상의 수준으로 전락시키는 행위라면 진흙은 결코 볼 수 있는 것이 아니다. 진흙의 추상성에 접근하

기 위해 먼저 질감이 요구되는 것은 이런 이유에서이다. 이를테면 오정국의 시에서 진흙은 "얽고 얽히는, 물고 물리는 아수라의/ 진흙탕"(「진흙들 — 굶주린 입」)일 수도 있고, "홍역 앓듯 열에 들떠 들썩거리는/ 짐승, 진흙들"(「진흙들 — 골목의 입구」)처럼 생명체일 수도 있으며, "진흙은/ 여태 그 누구에게도 보여 준 적 없는 장미 문신을 가졌다/ 진흙은/ 누구도 헤아릴 수 없는 도굴의 발자국을 지녔다"(「진흙들 — 도굴의 발자국」)나 "진흙의 시는/ 입으로 말하지 않는다"(「진흙들 — 재의 길, 재의 몸」)처럼 도굴을 통해서 조심스럽게 접근해야 하고, 또 존재-몸 자체로 말을 건네는 '바깥'의 형상일 수도 있다. 심지어 그것은 "수만 번 태어나고 수만 번 죽어도/ 오 나의 정겨운 피붙이"(「진흙들 — 불타는 영원의 가면」)나 "녹슨 칼날 곁의/ 진흙들"(「진흙들 — 일식」)처럼 영원 회귀의 우주적 시간을 지시하기도 한다.

인용한 시에서 시인이 "몸이 근질근질하여 땅바닥으로 흘러내리는/ 진흙들"이라고 말할 때 그것은 진흙의 잠재성을 의미하는 것이며, "손바닥으로 눌러서는 죽지 않는/ 진흙들"이라고 말할 때 그것은 인간의 완력으로는 제압할 수 없는 타자성을 가리키는 것이다. 뿐만 아니라 "누가 손짓하여 부르지도 않았는데,/ 자꾸만 이쪽으로 밀려오는 진흙들"이라고 말할 때 진흙은 시인에게 말을 건네는 바깥이다. "부드럽고 따뜻하게/ 가만가만 밀려오는 진흙들".(「진흙들 — 일식」) 진흙은 '오다'라는 사건의 주체이다. 앞에서 우리는 오정국의 시가 나-자아의 죽음과 관련하여 바깥의 이야기를 받아쓰는 방식으로 씌어진다고 말했는데, 이러한 특징은 진흙의 경우에도 동일하게 적용된다. 진흙은 "진흙을 주무르면/ 오늘 하루가 제 길이만큼 숨을 쉬고, 강을 따라 떠내려온/ 백수광부 이야기가 흘러나오지"(「진흙들 — 침묵의 수렁」)처럼 끊임없이 이야기를 중얼거리고, 진흙의 중얼거림에 노출된 시인은 "이런, 나더러 어쩌라고, 내 눈에 들켜서 어쩔 줄 모르는/ 진흙 덩어리"(「진흙들 — 골목의 입구」)라고 반응한다. 진흙을 보는 것은 "진흙은 나에게/ 들끓던 내란의 횃불을 보여 주고, 도굴되는 무덤처럼/ 제 몸을 열어 반역의 칼자루를 던져 주었던 것이니"(「진흙들 — 재의 길, 재의 몸」)처럼 '나'의 주체적인 행위가 아니라 진흙이 스스로를 여는 것이고, 시인은 다만 진흙이 자신을 개방할 때에만, 그런 한에서만 진흙의 존재에 다가갈 수 있다. 시인은 진흙의 세계에 다가감을 "나는 진흙과 싸워서 이 얼굴을 건져 왔다"(「진흙들 — 재의 길, 재의 몸」)라고 말하고 있지만, 그 싸움 이후에도 "아직은 파헤칠 수 없는/ 미완의 둥근 봉분, 진흙들"(「진흙들 — 탕진의 열매」)처럼 진흙의 잠재성은 결코 고갈되지 않는다. 진흙은 아무리 퍼내도 마르지 않는 강물처럼 잠재성 자체이다. 그것은 정복되지 않는다. 이것이 진흙과의 싸움이 불가능한 이유이다.

일찍이 파울 클레는 회화가 보이는 것을 보여 주는 것이 아니라 보이지 않는 것을 보이도록 하는 것이라고 말했는데, 힘과 감각의 관계를 증언하는 이 진술은 오정국의 진흙 시편에도 동일하게 적용될 수 있다. 알다시피 근대 이후 회화의 역사는 산 굴곡의 힘이나 사과의 싹 트는 힘, 혹은 풍경의 열적인 힘처럼 보이지 않는 세계를 가시화하기 위해 노력해 왔다. 이것은 근대 회화의 본질이 구상에 있지 않다는 것을 의미한다. 마찬가지로 오정국의 진흙 시 연작은 진흙이라는 대상에 대한 다양한 묘사가 아니라 진흙 속에서 형태가 아닌, 보이지 않는 어떤 세계를 끄집어내려는 시도를 보여 준다. 이것은 발굴의 시학이다. 물론 이러한 시도는 진흙이 자신을 드러내는 한에서만 가능하기 때문에 수동적인 행위라는 단서가 필요하지만.

진흙 시 연작은 일종의 모자이크다. 퍼즐의 조각처럼 가지런하게 맞춰져 진흙이라는 거대한 추상의 전체를 구성하는. 그러나 진흙은 논리철학적인 의미에서의 추상, 즉 공통성의 추상이 아니며, 그렇기 때문에 부분의 전체성 또한 갖고 있다. 진흙은 결코 일의적으로 해석될 수 없다. 이러한 특징은 잠언이라는 니체적 형식과 무관하지 않은 것으로 보인다. 다시 말해서 진흙 시 연작은 외형적 통일성을 유지하기 위해서 의도된 시적 장치가 아니라 잠언적 사유의 단락을 일정한 길이로 분절해 놓은 결과인 것이다. 그럼에도 불구하고 진흙은, 물의 이미지가 그러했듯이, '이야기'와 밀접한 관계를 맺고 있다.

홍동백서 밀쳐 낸

호박고구마 밤고구마 물고구마 같은 이야기, 길음시장 안 뻥처럼 통통한

이야기, 허리 굵은 아낙네의 대퇴부마냥 축 늘어진 이야기,

지들끼리만 통하는 알록달록한 이야기,

입이 근질근질해서 도저히 못 견디겠다던 진흙 웅덩이가

빗방울이 떨어지자 동그랗게 입을 열고 건네준

이야기,

땅에 떨어진 열매들의 호벅진 이야기,

벌판을 끝없이 건너가고도 아직 철탑에 남아 있는 전선들처럼

또다시 시작되는, 이런 이야기, 진흙 이야기

—「진흙들 — 탕진의 열매」에서

시인에 따르면 진흙은 "열매란 말의 안쪽에 소복하게 앉아 있는/ 이야기들"을 껴안고 있는 "따뜻한 열매"이다. 진흙은 그 내부에 진흙 아닌 것의 잠재성을 잉태하고 있고, 어떤 순간("빗방울이 떨어지자 동그랗게 입을 열고 건네준/ 이야기")에 이야기를 들려준다. 간혹 "당산나무 뒤에 웅크리고 앉아서 뭔가 우물거리는 진흙의 아가리를 열어 보았

더니”(「진흙들—생식과 죽음의 수렁」)처럼 시인이 그 진흙의 내부를 여는 경우가 있지만, 대부분의 경우 이야기는 진흙에 의해 건네진다. 진흙과의 마주침이라는 사건 안에서 시인이 할 수 있는 일이란 진흙의 이야기를 받아쓰는 것뿐이다. 그것은 절대적인 수동성의 사건이다. 하여 시인은 「진흙의 시」에서 이 수동적 사건을 “이것은/ 사막의 모래바람처럼/ 내설악 골짜기의 눈보라처럼/ 거대한 데스마스크를 쓰고 나에게 밀려왔는데,/ 뒤늦게 맞닥뜨린 절벽 같은/ 이것은/ 진흙 터널을 뚫고 왔다”라고 쓰고 있다. 그것이 “캄캄한 벼랑 뒤에서 피어나는 꽃”일 수밖에 없는 까닭은 이러한 수동성 때문이 아닐까.

4

오정국의 시 세계는 그리움에서 시작되었다. 그것은 “나는 무엇인가 끊임없이 그리워해야만 살아갈 수 있습니다”(「그리움 또는 증오」)라는 진술의 형식을 띠고 있었다. 그러나 이후 그의 시 세계는 ‘나’라는 주체의 의지보다는 ‘나’를 끊임없이 시로 향하게 만드는, 시인으로 하여금 지속적인 실패 속에서 다시 글을 쓰게 만드는 ‘바깥’의 존재를 드러내는 방식으로 진행되어 왔다. 그의 시에서 지배적인 위치를 차지하고 있는 물, 사막, 진흙의 이미지는 모두 바깥의 형상이라는 공통점을 지니고 있으며, 무형적이고, 잠재적이고, 추상적인 것이라는 점에서 일정한 계열을 이룬다. 언젠가 바슐라르는 문학의 이미지는 새로운 몽상으로써 풍요로워져야 한다고 주장한 적이 있다. 문학에서의 이미지는 먼 과거를 회상하거나 추억하게 하는 것이 아니라 다른 것을 의미하고 달리 꿈꾸게 해야 한다는 것이다. 바슐라르는 이 모든 몽상의 출발점에 자아를 위치시켰지만, 그러나 우리가 어떤 순간에 알 수 없는 힘에 이끌려 생각에 잠기듯이 몽상이란 자아가 통제할 수 있는 것이 아니다. 그것은 꿈과 같이, 우리가 의식하지 못하는 순간에 우리를 향해 다가온다. 몽상이 그러하듯이, 오정국에게 시를 쓰는 행위는 의지의 산물이 아니다. 알 수 없는 것에 이끌리는 순간, 나-자아의 죽음과 함께 바깥에서 나를 덮쳐 오는 무엇을 향해 자신을 개방하고 그것의 이야기에 귀를 기울이는 것이다. 이것의 정체를 우리는 알 수 없다. 그것에 대해 우리는 비트겐슈타인의 충고("말할 수 없는 것에 대해서는 침묵하라.")를 따라 침묵할 수 있을 뿐이며, 한 걸음 더 나아가도 다만 '그것'이라고 어렴풋하게 말할 수 있을 뿐이다. 이 '그것'의 익명성이 바로 오정국의 시에서 지배적인 이미지로 등장하는 것들의 정체이다. 다시 묻자. '그것'은 언제, 어떤 방식으로 우리에게 다가오는가? 아래의 인용 시는 이 질문에 대한 시인의 응답일 것이다.

매미가 허물을 벗는, 점액질의 시간을 빠져나오는, 서서히 몸 하나를 버리고, 몸 하나를 얻는, 살갗이 찢어지고 벗겨지는 순간, 그 날개에 번갯불의 섬광이 새겨지고, 개망초의 꽃무늬가 내려앉고, 생살 긁히듯 뜯기듯, 끈끈하고 미끄럽게, 몸이 몸을 뚫고 나와, 몸 하나를 지우고 몸 하나를 살려 내는, 발소리도 죽이고 숨소리도 죽이는, 여기에 고요히 내 숨결을 얹어 보는, 난생처음 두 눈 뜨고, 진흙을 빠져나오는 진흙처럼

—「진흙을 빠져나오는 진흙처럼」

오정국

1956년 경북 영양에서 태어나 중앙대 예술대 문예창작학과를 졸업하고 동 대학원에서 박사학위를 받았다. 1988년《현대문학》추천으로 등단했으며, 시집『저녁이면 블랙홀 속으로』,『모래 무덤』,『내가 밀어낸 물결』,『멀리서 오는 것들』과 평론집『시의 탄생, 설화의 재생』,『비극적 서사의 서정적 풍경』을 펴냈다.《서울신문》기자,《문화일보》문화부장을 거쳐 현재 한서대 인문사회학부 문예창작학과 교수로 있다.

파묻힌 얼굴

1판 1쇄 찍음 · 2011년 9월 16일
1판 1쇄 펴냄 · 2011년 9월 23일

지은이 · 오정국
발행인 · 박근섭, 박상준
편집인 · 장은수
펴낸곳 · (주)민음사

출판 등록 1966. 5. 19. 제16-490호
서울시 강남구 신사동 506번지 강남출판문화센터 5층 (우)135-887
대표전화 515-2000 / 팩시밀리 515-2007
www.minumsa.com

ISBN 978-89-374-0794-9 (03810)

❖ 이 책은 2008년도 한국문화예술위원회의 문학창작기금을 지원받았습니다.